大鼻子外星人之謎

文／王文華　圖／賴馬

審訂．推薦／中興大學生命科學系副教授　吳聲海

前情提要　你不能不知道的可能小學

可能小學，是一所遠近知名，卻常讓人找不到校區的小學。這所學校其實位置不遠，交通也方便，真的，因為它就在動物園站的下一站。動物園站已經是最後一站了，還有下一站嗎？

沒錯！

那一站叫做「可能小學站」。

只是遊客們都很急，急著在動物園站下車，沒注意，也不曾想到要去注意，在空盪盪的車廂裡頭，還有幾個孩子笑容滿面，準備去上學。

上學有什麼好開心的？

有呀！

可能小學裡，沒有不可能的事！

「讓小朋友開心上學，快樂回家」，是可能小學唯一的校訓。

別的學校有的課，可能小學通通都有。

可能小學有的課，嗯，其他學校可能聽都沒聽過。

像是超越時空的社會課，秦朝、唐朝、明朝和清朝，小朋友都上得嘰哩呱啦，開心極了。聽說還有小朋友愛上唐朝，立志留在那兒，完成「可能小學的歷史任務」，直到今天都還捨不得回來呢！

還有還有，像是戶外教學。

戶外教學每間學校都有，這沒什麼好稀奇，稀奇的是，可能小學可是認認真真的將戶外教學當成一回事，重金禮聘歐雄老師來上課。

歐雄老師，像謎一樣的英雄人物。

全球五大洲各有一座最高峰，歐雄老師都爬過了。世界三大洋搭飛機繞一圈是不是要很久？人家歐雄老師可是操縱帆船，一一橫渡。

他來上第一堂課時，駕著滑翔翼，直接落在一群嘴巴張得大大的孩子中間。

他脫下飛行頭盔，拿掉墨鏡，背著陽光走出來……

夠酷了吧！

想上他的課得排隊，二十個名額，可能小學的三百個孩子都想擠進去。

選課那天，門才打開，立刻被孩子們秒殺結束。

選到課的孩子，笑得合不攏嘴；沒選到課的孩子，還是笑得嘻嘻哈哈。

別忘了，這兒是可能小學，什麼課程都很有趣，沒上到戶外教學，其他課一樣精采。

而這會兒，歐雄老師在喊集合了。

他就像頭大熊，高高的、壯壯的，站在那二十位幸運兒的面前：「嗯，我們的戶外教學要上哪兒呢？」

底下的孩子已經準備歡呼了，不管他說出什麼地點，用什麼方式……

歐雄老師露出潔白的大板牙：

「好吧，風和日麗，大雪紛飛的日子遠了，我們登山去吧！」

【人物介紹】

超完美

十歲，就讀可能小學四年愛班。爸爸是版畫家，媽媽經營一家花店。她從小喜歡美的事物，週一到週五，排滿各種藝術進修課程，從音樂、美術、舞蹈到攝影。她一直以為，戶外教學就是手持相機，背著畫架去寫生，直到她參加了可能小學戶外教學課，這才發現……

高有用

十歲半，巴巴厚族，目前就讀可能小學四年仁班。爸爸、媽媽是動物園管理員，家裡冰箱最常見的，不是水果，而是獅子和老虎的便便。高有用的體育特別好，是可能小學鐵人三項紀錄保持人（那項比賽只有他一個人參加）。聽說學校有戶外教學課，他排除萬難參加，這才發現……

歐雄老師

平頭、身材壯碩的歐雄老師，是可能小學戶外教學課的老師。戶外教學要上什麼？嗯，歐雄老師有一系列計畫，從登山、潛水到飛行傘。光看長相，你會以為他今年二十五歲；但是看他背影時，常常有人把他誤認為一頭歷盡滄桑的臺灣黑熊。歐雄老師住哪裡？畢業自哪個學校？他結婚了嗎？直到今天，可能小學裡的人事室裡，還是找不到他的任何資料。

猴頭

十二歲，爬爬猴社人。不擅雕刻卻喜歡雕刻，他雕的「阿搞」，通常比例和位置都不對，手臂比頭粗，屁股長在膝蓋下，可是猴頭全不理，誰要是對他提出質疑，他就會說：「猴子的紅屁屁呀，你到底懂不懂什麼叫做『藝素』？」現代人說的藝術，就是他第一個喊出來的。

猴腦

十一歲，爬爬猴社人。算數時能正確無誤數到三，再往上，全憑運氣。他的好朋友是猴頭，他最大的仇人也是猴頭，問他為什麼？他說這叫做「又愛又恨」。

猴塞雷

爬爬猴社人，是爬爬猴社第四十八或四十九次百合男（這是什麼意思？往下看你就知道了。）到底幾次，全族的人要開會再決定。

他是天生的獵人，打過的動物不計其數，直到有一回，他害一隻小猴子變成孤兒後，從此丟掉刀、折斷弓，心甘情願讓小猴子把他的肩膀當成母親溫暖的胸膛。

灰眼巫師

爬爬猴社的傳奇巫師，年輕時有一次掉進山洞，在洞中發現一處寫滿爬

爬猴文的古版咒語，出來後，灰眼巫師不僅能呼風喚雨，還懂蟲魚鳥語，平時雲遊四海，爬爬猴社有難時才會現身。

黑熊徒弟

灰眼巫師徒弟，受了爬爬猴社人請託，主持一場祈雨法會，成功降下大豪雨，卻也帶出一場災難。災後受到灰眼巫師處罰，從此不能當熊，除非他找到四塊石板……

一 大鼻子外星人

八月，可能小學的校門變成人工攀岩場，想進去參加夏令營，必須爬過它，來開會的大人也不例外。

九月，自然教室長出一座森林，學生在裡面上課；晚上在那裡露營。

九月最後一天，池塘取代森林，青蛙跳進小朋友的睡袋。

「呱呱呱！」

青蛙好像說：「這是池塘，該我們上課了。」

「我們還在上森林課！」小朋友抗議。

「呱呱！」青蛙叫了兩聲，閉目養神去了。

聽說下個月，下個月池塘會變成沙漠，三隻駱駝已經送到校長室了。

森林變成池塘，池塘化成沙漠，在可能小學的教室裡，什麼都是可能的。

觀察完森林的孩子呢？

那是十月，秋高氣爽，他們要上登山課。

孩子們坐了一天一夜的校車，趕在太陽升起那一刻，金光照耀，恰恰停在迷鹿山的登山口。

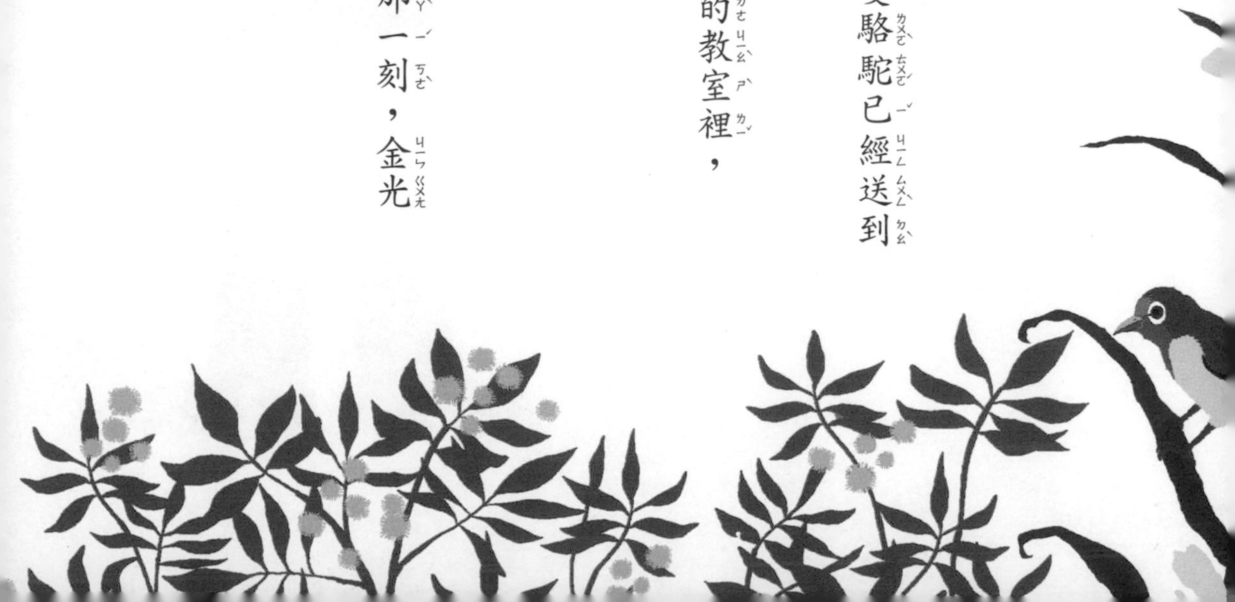

喳！可能巴士打開車門。

壯壯的歐雄老師，銳利的眼神像鷹，他酷酷的說：「走嘍，我們去這座山上玩玩！」

小朋友下了車，用手遮住直射而來的日光，在他們前面，一條山徑向上爬升直達迷鹿山。

「這麼高？」超完美是四年級的小女生，喜歡油畫和攝影，有空還會拉小提琴。她一直以為，戶外教學就是拿著畫架去寫生。

「誰爬得上去呀？」她補了一句。

「我！」排在她後頭的高有用說，「沒問題。」

高有用具有巴巴厚族的血統，體育好，沒人跑得贏他；功課更好，老師們問的問題，他都知道答案。

而現在，他興高采烈的走在最前面，除了背自己的包包，右手還提著超完美的畫架。

沿著步道往上走，迷鹿主峰清晰可見，清晨的山道，像是天神不小心掉落的調色盤，蔚藍、翠綠、金黃，全擠在山坡上。

走了快二十分鐘，山路一轉，進入一塊寬闊的黃色大草原，充滿秋天的味道。

但是，怪怪的，這裡的草有半個人高，走近一看，那不是草，是竹子，細細的竹子，密密麻麻的生長。

「這是高山箭竹。」歐雄老師的話，在風裡聽起來，有點遙遠，彷彿是一種古老的語言，「為了維護箭竹生態，請跟著步道走。」

箭竹林緩緩向上升，視野遼闊，藍天當背景，幾朵白雲悠悠停在上空，一棵白色的巨木，孤伶伶的站在箭竹林中。

「好奇怪的樹！」超完美用數位相機拍了幾張。

巨木默默立在路邊，光禿禿的樹幹，連枝條都沒有，她忍不住伸手摸了一下，涼絲絲的。

歐雄老師揮揮手，意思好像是「那沒什麼，趕快走」；也好像是「繼續走，前面還有。」

步道輕巧的在坡頂一閃。

爬上最高點，超完美深深吸了一口氣，簡直不敢相信自己的眼睛。黃色箭竹林在她的腳下向四面八方伸展，幾十棵白色巨木，就像衛兵一般，這裡一棵，那裡一棵。

讓人吃驚的是，還有許多黑色的雕像，藏身在箭竹林中，是在躲貓貓嗎？

愈走雕像愈多，大的有五、六公尺高，小的和超完美一樣。

「誰雕的？」

「為什麼要在這裡……」

「是不是有人……」

七嘴八舌，紛紛亂亂，小朋友個個想發言，有的忍不住衝過去看個仔細。

黑色的石雕像，像復活節島的人像，頭很大，身體很小，五官明顯，鼻子巨大。

「這是大鼻子族嗎？」高有用判斷。

「大鼻子族？很有想像力。」歐雄老師站在雕像前，「科學家還在研究，目前只知道，石像有五、六百年的歷史，來自四十公里外的火成岩。」

歐雄老師愈說愈玄。高有用不禁問：「難道在很久以前，有人雕刻這種石頭，把它們從遠方運到這裡擺著？」

「別忘了，那時的人，沒有電動工具，沒有吊車，更沒有公路。」

「不可能吧？」高有用說。

「對呀，不可能呀，但是，事實擺在你們眼前。所以還有人

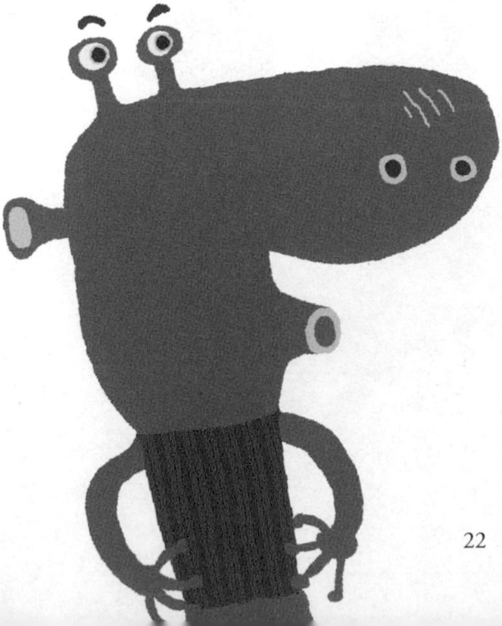

認為，這些是外星人雕的，」歐雄老師看了他一眼：「而且，是大鼻子外星人。」

「大鼻子外星人？」小朋友一愣，隨即笑出聲來。

哈哈哈，他們的笑聲隨風，熱鬧的上了天，幾朵雲忍不住飄來。

「有什麼好玩的？」雲彷彿這麼猜。

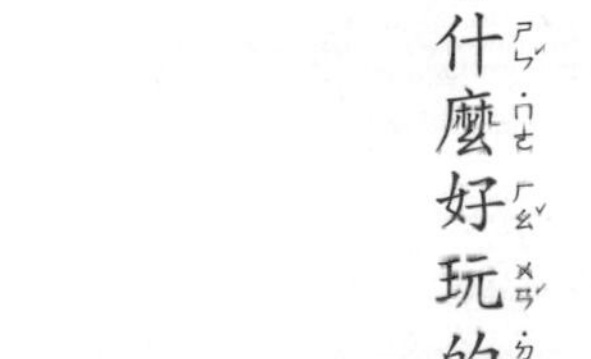

復活節島上豎立著大大小小的摩艾／黃采薇 攝

復活節島之謎

在南太平洋，距離南美洲海岸四千公里的海上，有座復活節島。

復活節島，充滿了神祕感。

第一次登島的探險家，發現島上居民竟然還停留在石器時代。

島上很荒涼，沒有巨大的樹木，也缺乏食物。

神祕的是島上有一千多尊被稱為摩艾的巨石雕像。這些巨大的摩艾，都是用岩石刻成，重達上百噸，有的還戴著笨重的石帽子。摩艾的造型奇特，有深陷的眼窩，高高的鼻子，它們肩並肩站在海邊，面對遼闊的大海，像是眺望，又像沉思。

島民說不清楚摩艾的來歷，當時的人們自然想到了，那或許是外太空人的傑作。

經過科學家研究，目前大家較為認可的說法是：很久以前，這裡曾是一座物產豐饒，人口眾多的小島，島上分成許多部落。不同的部落酋長，出於炫耀的心態，展開一場建造摩艾大賽。建造摩艾要動用大量人力、物力。島上居民砍伐大樹，製作船隻、房屋，開墾更多土地，為了得到更多糧食，號召更多人來共襄盛舉。

然而農作物的生長趕不上人口成長，樹木被砍伐一空，連船都造不出來了，人們無法出海捕魚，只能在淺海找尋食物，甚至把海貝都捕食殆盡。饑荒引起戰爭，孤懸海外的小島，又因為缺乏船隻無法對外求援，因此互相殘殺造成大滅絕。

沉默的摩艾，似乎就在提醒我們，資源寶貴，需要好好珍惜。

二 怪怪石板屋

「那些白樹呢？它們也是外星人種的嗎？」好像是高有用在發問。

「這裡曾是森林，只是遇上火災，大火過後，剩下枯木，但是經過這麼久的時間，卻只有箭竹長出來。唉！燒一座森林容易，再造一座森林不易……」好像是歐雄老師在說話。

他們的話在秋風裡飄盪，盪上箭竹林，飛上了天，飛得那麼高，分不清是誰在說話了呢！

超完美拿著數位相機，拍著秋天黃色的迷鹿山。

喀，陽光在山裡跳躍。

嚓，野花吱吱喳喳好不熱鬧。

喀，一對眼睛悠悠的望著她。

「眼睛？」

她放下相機。步道外，一隻栗紅色的鹿，安安靜靜的望著她。

現在怎麼辦？走過去嗎？

她屏住呼吸，手指顫抖，拚命按快門。

嚓嚓嚓，鹿豎起耳朵，轉身走開。

超完美緊緊跟上。穿過箭竹，進入樹林，繞過擋道的岩石，爬上緩緩的山坡。

栗紅色的鹿來到溪邊，低頭喝水。

一道陽光，溜過樹葉的阻攔，像舞臺聚光燈般，照在鹿的身上，悠暗的林子，牠獨佔金色燦爛的陽光。

「太……美了。」

超完美急著找畫板，畫板呢？畫板沒找著，一個黑影逆光跳來，是熊？是豹？她嚇了一跳，想後退，後面竟然是斜坡；她一腳踩空，想抓住什麼，可是又什麼也沒抓到，就這樣哇啦哇啦的滾了下去。

好像滾了很久，又好像只有一瞬間。

「咚」的一聲，她跌坐在一片斜坡上。

她爬起來，上面傳來一陣笑聲。

又有什麼滾下來？

滾下來的，不是熊，不是豹，方頭大臉衝著她嘻嘻傻笑，是她的同學——高有用。

「好好玩喔，」高有用遞來她的畫板，

「你沒事吧？」

「差點被你嚇死了。」

美麗的水鹿正在湖邊飲水。／郭正彥攝

美麗的素食者——臺灣水鹿

臺灣水鹿是臺灣島上最美麗的素食者，很多人喜歡鹿，把鹿視為吉祥動物，因為「鹿」和「祿」同音，「祿」指的是官人的薪水，有當官的含義，所以很多畫和飾品都可以看到鹿的身影。

為了保護自己，水鹿體色會隨著季節而轉變。夏天的時候，萬物欣欣向榮，這時水鹿會變得較為明顯、美麗，像是穿著淡淡的黃褐色衣裳，到了冬天，景物蕭條，牠們就會換上深黑褐色的外表。

水鹿利用聽覺、嗅覺和視覺來判斷環境安全與否，感覺危險時，牠們會停止吃草，四處張望，隨時保持警戒狀態，敵人來襲時，牠們就會逃到茂密的森林中躲起來了。

水鹿是群居性動物，不過有些雄鹿卻喜歡當獨行俠。牠們擅長游泳，常會聚集在水邊覓食或活動，雄鹿的頭上才有角，我們可以從雄鹿的角，判斷牠的年齡。一歲大的雄鹿，頭上的角又短又直，第二年鹿角脫落後，重新再長的新角會分叉，成兩個尖的角，以後每年鹿角都會脫落再長，並且多分一個叉，直到四、五個叉才算長全了，所以，只要數數雄鹿頭上的分叉，就可以推算牠們幾歲了。

幾百年前，臺灣處處可見水鹿優雅的身影，但是隨著人們的捕獵與棲息地破壞，水鹿愈來愈少，最近民間也有人養殖，只是，想看野生的水鹿，得到原始森林中碰碰運氣了。

超完美拍拍身上的落葉，抬頭，鹿不見了。

「歐雄老師說要出發了，快走吧！」

「好，」她站起來看看四周，「這裡……」

這片斜坡像屋頂，雖然有青苔，但是，仔細一看，真的是屋頂，上頭還用圓形的石板壓著。

屋子蓋得很美、很奇怪，牆壁用石板一塊一塊疊起來，院子裡長滿了雜草，院子周邊是圍牆，圍牆也是用石板堆疊的。

她跳進院子，回頭打量這屋子。屋子很有特色，只是門很低、很矮，門板卻不知去哪兒了。

「有人在家嗎？」超完美探頭進去問。

「在家嗎～」屋裡只剩回音，空間比想像大。

「這是石板屋，我們巴巴厚族也有。」高有用大步走進去，「以前我們的祖先，聽說就住在這附近。」

屋子垮了一半，木頭、石塊、泥砂湧進來。光線來自破掉的屋頂，是什麼把石板屋頂敲壞的？

地上也有石板，一塊一塊，被泥土覆蓋了。

正中央有個淺淺的土坑，沒有鋪石板，高有用判斷那是廚房，也是烤火的地方，一片手掌大的長方型石片，端端正正的放在坑裡。

超完美忍不住把它拿起來。石片打磨得很光滑、很新，就像有誰剛把它磨好放在這裡，連灰塵都沒有。

石片上刻了幾個符號，像「木」字，一共有三個。高有用湊過頭去，他突然「咦」了一聲：「這是巴巴厚族的記號呀！」

他把脖子上的琉璃珠項鍊取下來與石片做比較。他的琉璃珠有四個，其中一個就有三個像木字的符號，連排列的方法都一樣，但是好像又有些不同。他急著比對，石片因此碰到了琉璃珠。奇怪的是，石頭沒有磁力呀，石片卻像自己要跳過去，用力和琉璃珠相吸？

那強大的力量，讓他差點鬆手，他反射性的緊抓住石片。石片的符號上，卻突然迸裂出強烈的光芒，亮得刺眼，讓人睜不開眼睛。四周颳起一陣強風嗎？這股奇怪的風圍著他們打轉。

超完美不由自主緊抓著高有用的手臂，過了幾分鐘？還是幾秒鐘？她不知道，直到風停了，強光消退了，她才慢慢的睜開眼睛。

屋裡變亮了，難道是陽光照進來了嗎？有什麼聲音，正在叮叮咚咚的傳過來……

取材天然的石板屋冬暖夏涼。／天下資料

冬暖夏涼，來蓋石板屋

超完美和高有用發現的石板屋，冬暖夏涼，取材也很環保自然，在臺灣的原住民族裡，魯凱族和排灣族人所住的家屋，就是石板屋。

以前，交通運輸不發達，建築材料就地取材才方便，所以你只要仔細看看各民族的建築風格，大概就可以猜出當地有什麼物質可利用了。

想搭一座石板屋嗎？石頭不能亂採，

不是每一種石頭都能拿來蓋房屋。

魯凱族和排灣族部落附近盛產黑石板岩和頁岩，他們會趁著大雨過後，到採石場上，蒐集剛剛崩落下來的大型石材。

採集下來的石材，還要利用鐵鎚和鐵棒，敲打成大小適中的石板，最後再使用代代相傳的疊屋技巧，把石片一塊塊堆疊起來，不必用到一根鐵釘，就能堆疊出一棟堅固的家屋。

石板本身的重量加上疊石技巧，不但讓房子結實穩固，還兼具防風和透風的功能，十分適合高山上多變的氣候，因此，他們就稱這種石板屋為「會呼吸的房子」。

除了房子，魯凱族和排灣族充分利用石材的特性，把石板的功能發揮到極致。像是屋內的家具——床、桌子和椅子，也都來自於石材。此外，石板可以雕刻，屋前橫楣雕上花紋，好看又能彰顯身分；石板散熱均勻，拿來當烤肉盤，更是最佳材料。

想一想，如果你生在古代，你想蓋棟房屋，你會選用什麼材料呢？

三　大頭目猴塞雷

石板屋好像變新了，好像，好像剛蓋好一樣。

奇怪，垮掉的屋頂什麼時候修好的？

地板誰擦的？看起來好光滑。

更怪的是，火坑有煙，食物和柴火的味道在空氣裡流竄。

剛才明明沒有呀！

超完美揉揉眼睛，這是夢嗎？

這麼一想，腳底突然覺得涼，她看看自己，又看看高有用，她們現在打著赤腳，身上穿的衣服像是九族文化村的舞者一樣，連背包都變成籐條箱。

「這是怎麼回事？」她問。

「我們好像回到過去了！」高有用膽子比較大，「說不定這屋子鬧鬼。」

「鬧鬼！」超完美嚇得拔腿就跑，鑽出小門，來到院子，外面的森林讓她停下腳步。

剛才進來時，只是箭竹林。現在，綠樹成蔭……

叮叮咚咚，什麼聲音從上面傳下來？一條小路蜿蜒繞過屋後，他們兩個像被吹笛人吸引的孩子一樣，不由自主就走了上去。

山坡上有顆巨大的岩石，看起來好像隨時會滾下來，兩個和他們年紀差不多大的男孩，正攀在岩石上敲敲打打，邊敲邊吵架。

「猴頭，嘴脣刻太薄了！」

「猴腦，你的下巴咧，還不是刻歪了。」

超完美和高有用覺得很奇怪，這兩個人在刻猴子嗎？又是猴頭又是猴腦的，可是走近一看，明明是個人像，頭大身體小。怎麼回事呀，這些人說的話，他們都聽得懂。

超完美忍不住問：「你們在刻什麼呀？」

他們停下木槌，其中一個人搶著說：

「大頭目猴塞雷呀。」

說到猴塞雷，兩個人同時朝天揮揮手。

另一個補充：「他是最偉大的頭目，看過四十九次百合花開了。」

「猴頭，你錯了，大頭目看過四十八次百合花開。」

「猴塞雷明明是四十九次百合男。」他又揮了揮手。

超完美急忙喊停：「我知道了，你叫做猴頭，對不對？」

猴頭點頭，指著另一人：「他的頭小，比較笨，叫做猴腦。」

猴腦自己笑開了嘴：「對啦，對啦，我比較笨。」

有人承認自己笨，這倒是很新鮮。

高有用問：「你們刻的是看過四十八或四十九次百合花開的大頭目猴塞雷？」

一講到猴塞雷，他們兩個又朝天空揮了揮手，那個手勢大概是對頭目尊敬的表示。

「沒錯，大頭目猴塞雷。」他們的聲音很大，一副很驕傲的樣子。

超完美笑著說：「可是，比例不對啦，鼻子這麼大，身體那麼小。」

「什麼米粒不對？」猴頭跳下來，左看右看，「沒有米粒呀？」

「天哪，什麼米粒？我是說『比例』，猴塞雷的頭再大，也不會比身體大吧？」

猴腦很堅持：「就是要這麼大，才像『大頭』目，你懂不懂？」

「不懂！」超完美和高有用異口同聲的說。

「唉！你們是哪裡來的野人？連這個都不懂？」

「我們是野人？」高有用拍了拍額頭，「一零一大樓你們知道嗎？百貨公司你們去過嗎？」

猴腦嘆了口氣：「什麼樓呀師呀，都不是什麼有名的地方。」

猴頭跳下來：「可憐的野小孩，來吧，帶你們去看看真正

的大頭目。」

他們在前面帶路，山路往上，叮叮咚咚的聲音更吵。

爬到坡頂，廣闊平緩的山坡上，有幾十棟木屋。山坡邊緣，好多人在忙。有的人在砍樹，一棵樹倒了，又一棵樹倒下來，倒下來的樹，被另一群人用斧頭修修砍砍成巨木，再送到部落中央，那裡像在搭蓋什麼聚會所。

另一邊的山頭闢出平坦的通道，通道上鋪著圓形木頭，直達這片山坡。幾百個人拉著繩子，又推又拉的把一顆顆的岩石運送過來。

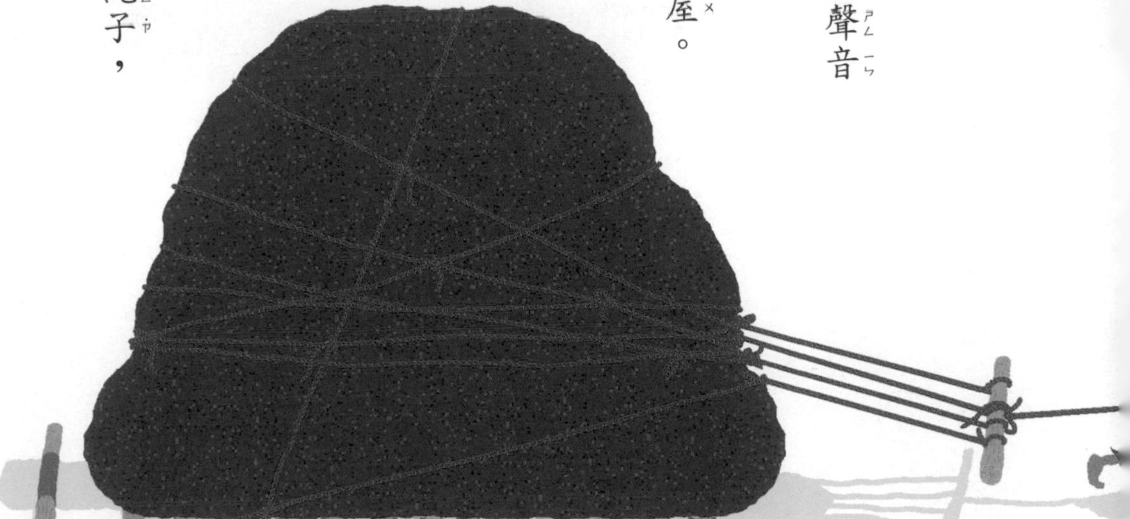

運來的岩石有的大有的小，好多人就攀在岩石上敲敲打打。叮叮咚咚，岩石一顆又一顆，刻好的，沒刻好的，放滿了山坡四周。

「這……這是？」他們驚訝的說不出話來。

「這是我們爬爬猴社的阿搞。」

「阿搞？」

黑黑的石像，猴頭說是猴塞雷的爸爸——猴塞電電的阿搞。

矮矮胖胖的石像，猴腦說是猴塞電電的爺爺——猴塞雨花的阿搞。

另一個是猴塞赫……

又一個猴……

光是猴塞電的阿搞，就有十七、八個。

「為什麼要刻這麼多阿搞？」超完美忍不住要問。

「不多不多，彎皮豹、峭虎和攣馬社刻的更多，但是，」他們兩個互相看一看，「他們刻的都太小，因為他們的頭目比不過猴塞雷。」

超完美聽得一頭霧水：頑皮豹、巧虎和亂馬？這不是卡通節目嗎？而且一講到猴塞雷，他們就對著天空揮手，高有用覺得好玩，跟著揮揮手，逗得猴頭、猴腦好高興。

「猴塞雷跑得比山豬快，力氣比黑熊還要大。」猴腦的話，連猴頭都點頭。

「所以要刻阿搞？」高有用猜。

「所以要刻很多很大的猴塞雷頭目。」猴頭笑得連牙齦都露出來了。

這下連超完美都一起揮手，表達對他的敬意。

四　猴子的紅屁屁呀

剎！

林地中間，亂成一團，不知道為什麼，人們擠在一起，又跳又叫又推又打，連猴頭和猴腦也想跑過去。

超完美拉住猴腦：「他們在打仗嗎？」

「哦，猴子的紅屁屁呀，是運水隊回來了，我們也要趕快去，搶慢了，就要等到太陽下山才有水喝。」

「這裡缺水？」高有用問。

猴腦點頭，場中現在打得更兇了。

超完美不解：「他們為什麼不排隊？」

「什麼是排隊？」

「就是一個一個來，就叫做排隊。」

「那太慢了，沒有喝到水，沒有力氣刻猴塞雷。」

猴腦雖然渴，說到猴塞雷時，還是很尊敬的朝天揮手。

「可是，水有什麼好搶的，到處都有水呀？」

猴頭搖搖頭：「神不給雨呀，懂不懂？去年百合花謝了到現在，神忘記給迷鹿山四社一點雨水。沒有水，小米長不大，山豬捕不到，所以我們才要刻猴塞雷的石像，請神降雨。」

講到猴塞雷，他們兩人又畢恭畢敬的朝天空揮手。難怪坡頂的樹灰黃灰黃的，連植物都感受到生存的危機。

聽完他們的話，高有用都覺得渴了，埋頭在籐條箱裡翻翻找找。

猴腦扳著手指算：「運水隊的人早上出發，中午回來；中午出去，晚上回來，一天就兩次。」

「你們還是可以排隊呀。」超完美拉著他。

「去慢了就沒有了，我要衝了！」猴腦甩開她的手，高有用恰好也在這時，從籐條箱裡找到竹筒，高興的大叫。

「是水耶，是早上的礦泉水……」

他的背包變成籐條箱，沒想到裡頭的礦泉水也變成竹筒清水……

猴腦停下腳步，猴頭愣了一下。他們像是發現新大陸：「給我水！」

「慢慢來！」高有用退後，「一人一口，大家有份。」

猴頭、猴腦卻舉著木槌，又近了一步。

「哦，猴子的紅屁屁呀，真的是水！」

高有用拔腿就跑。

他是可能小學四年級田徑冠軍，跑山路不成問題。

猴頭、猴腦跑得更快，兩人一躍，把他撲倒在地。

等超完美氣喘噓噓跑到時，水已經被喝光了。

「真好喝。」猴頭搖頭晃腦的笑。

「哦，猴子的紅屁屁呀，這水真像迷鹿山的雪水。」猴腦咂咂嘴巴。

「你們可以起來了吧！」高有用在底下喊。

噹噹噹噹！噹噹噹噹！

木塔上發出鐘聲，鐘聲像是魔法——搶到水的人放下水瓢；搶不到水的人滿臉通紅；打架的人把拳頭張開；互相指責的人垂下指頭；連猴頭、猴腦都爬起來。

人們湧向木塔。

木塔上站著四個人，他們的神情嚴肅。

猴頭說：「四社聯合祈雨大會要開始了。」

超完美問：「四社？」

「對，爬爬猴、彎皮豹、峭虎和孿馬社的大頭目一起祈雨。」

「哪一個是猴塞雷？」高有用不由自主揮揮手，他是有禮貌的孩子，雖然礦泉水被搶了。

猴頭一指：「中間那個，看到了沒有，他的鼻子是不是最大，很有男子氣概？」

猴塞雷的個子很高，鼻子卻沒多大。

「他看起來比較兇。」超完美評論著，「你們石像的比例真的不對。」

「米粒哪有不對？」猴腦揮揮手，「猴塞雷鼻子大，懂不懂？」

他們倆異口同聲：「不懂！」

「不要吵！」猴塞雷像打雷般一喊，幾百個人的場子，立刻鴉雀無聲。

節約用水是大家的責任。／天下資料

缺水危機總動員

四社聯合大缺水，可能嗎？可別忘了，他們住在高山上，高山地區水源本來就不容易取得。

別忘了，那時是古代，打開水龍頭就有水流出來的日子，

距離現在其實還不到百年的歷史。

從外太空看，地球是顆水藍色的星球，所以很多人都誤以為以為地球的水很多。

喔，不！說個數據讓你記一下：

地球上的水，百分之九十七是海水（海水是鹹的，是無法飲用的）。另外有百分之二是被凍結的水（冰山和雪原的水，我們取不到）。真正能夠讓人類使用的水，其實只剩下百分之一而已。是不是少得可憐？

這百分之一的水，是我們賴以維生的泉源，它們主要來自於地面流動的水，像是湖水、溪水和河水，取得這些水很容易，相對的，也很容易受到污染。另一種是地下水，像是井水和泉水，受到土壤的層層保護，水質較為清澈乾淨，但是如果超量抽取，會造成地層下陷，引來地下水鹽化與海水倒灌的危機。

地球上的水資源本來就分配不均勻，加上這幾年，全球暖化造成的溫室效應，降雨不再溫和，常常是一連乾旱幾個月，又突然猛下暴雨，釀成大災害。

避免無水可用與豪雨成災的夢魘，已經成為人類最大的考驗，而這個不可能的任務——節約用水，珍惜水資源，也是你我不能逃避的責任呢。

五　四社聯合祈雨大會

一隻猴子，蹲在猴塞雷的肩上。

猴塞雷看看臺下，開口說話。

「這麼久不下雨，一定是山神生氣了，我們今天相聚，一定要想出辦法，如何平息山神的怒氣？」

神奇的是，猴塞雷說話動也不動，倒是肩上猴子比手畫腳，像在演雙簧。

「怎麼辦呀？」

「對呀，想想辦法！」

四社的人穿著打扮都不相同，討論和吵架的樣子卻很像。

爬爬猴社一個胖子提議砍樹，他說附近有很多神木，把神木砍下來，合力建一座高塔，請頭目們爬上去跟天神撒嬌。

「爬高一點，天神才會被你們感動啦。」爬爬猴社響起一陣叫鬧的笑聲。

彎皮豹社的老太太建議多刻點阿搞，她說神靈住天上，阿搞不夠多，天神看不到。

「男人勤快點，多搬些石頭來，阿搞愈多，神靈愈高興。」其他的女人跟著叫。

峭虎社的人抬了大山豬進來。大山豬被綁在一根棍子上，後頭緊跟一隻小山豬，大概是大山豬的孩子，齁齁的哀嚎。

抓到山豬的獵人，是個壯壯的漢子，頭上戴著貝殼鑲飾的帽子，他們把山豬抬高：「我們四社的勇士這麼多，只要抓比手指頭還要多的野獸，山神高興了，就會把水還給我們了。」

「抓野獸！獻天神！」

「抓野獸！獻天神！」

人們高呼，聲音在山谷裡迴響。

超完美卻皺著眉頭想：又是砍樹、挖石頭和抓野獸，山神不氣死才怪。

臺上的頭目交頭接耳，好像在開會。

會不知道要開多久？

臺下的人安靜的等，後來開始聊天，有人帶頭唱歌，有人出來跳了幾下，這幾下像是火藥從中間爆發，其他的人自動加入，圍成一個圈，又唱又跳，圓圈愈來愈大，連高有用都和他們手拉手跳起來，超完美嘟著嘴，她還在遲疑，沒想到猴腦伸手一拉，直接把她拉進人群裡。

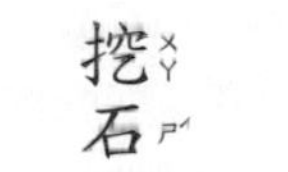

「我不要。」她覺得尷尬，手卻甩不掉。

猴腦四肢亂抖：「很簡單，跳啦。」

大家都加入這快樂的行列，舞步比想像中簡單，身體擺動的快樂，很快漫延開來。圓圈愈轉愈快，嚇得那隻小山豬東跑西竄，淒厲的尖叫。

超完美覺得不忍，想停，但是人龍停不下來，倒是場中，被綁住的大山豬，竟然用力一扭，將藤條弄鬆跑出去。

「山豬跑了！」

人們大叫，山豬在人群裡橫衝直撞，人們抓不住大山豬，大山豬又找不到小山豬，可憐的小山豬鑽來扭去，也找不到出口。

「在這裡！」

「猴子的紅屁屁呀，牠朝你過去了啦！」

小山豬大概嚇暈頭了，竟然朝著高有用跑過來。

高有用彎腰用力一抱，嘿，小山豬真的被他攔腰抓住。

「不錯，不錯。」猴頭、猴腦用力拍著他的肩膀。

高有用呵呵呵的傻笑，回頭看到超完美，想也沒想就把小山豬塞給她：「你抱抱。」

「我不要！」超完美大叫，想把小山豬還他時，那隻大山豬怒氣沖沖，像列火車衝了過來。

大山豬呼嘯而來，她嚇得屏住呼吸，正當她以為自己死定了的時候，一個高大的身影，威風凜凜的攔在她和山豬之間，用碗大的拳頭一敲，剝！砰！當場把山豬給震昏了過去。

剝，是拳頭敲在豬身上的聲音，砰，是大山豬倒地的聲音。

她緩緩睜開眼睛，抬頭，像天神一樣站在她面前的，不是別人，是……猴塞雷。

小山豬身上有可愛的條紋。／達志影像提供

山豬根本不笨

臺灣的山豬，又叫做野豬，一般人對於豬的印象，總認為牠們又懶、又笨、又髒，但是臺灣的山豬卻力大無窮，敏捷過人，牠們喜歡在茂密的草叢裡做窩，有人看過牠們的窩，是用雜草、蕨類鋪成，感覺溫暖又舒適。

野豬生活的範圍很廣，從平地一直到三千公尺的高山，都能看見牠們的蹤跡。不管是原始的森林、人造的竹林、還是草叢或田地，牠們都能適應良好。

山豬一胎能夠生出三至六隻小豬，小豬全身黃褐色，還有可愛的條紋。小山豬喜歡黏著媽媽，長大後，不管雌雄都會長出獠牙，雄山豬的獠牙又長又明顯，可達三、四寸，是牠們用來拱地和打鬥的利器。

山豬是雜食性動物，像是昆蟲、蚯蚓、蔬菜水果，都是牠們的美味大餐，山豬的食物大概有三分之一生長在地下，所以牠們才要不斷的拱地挖樹根或芒草根，有時牠們也會跑到農人的田間，將所有作物拱倒，讓農民氣得牙癢癢的，卻又對牠們無可奈何。

山豬其實也怕人，除非他受了傷或被逼到絕境才會生氣反擊，否則牠們聽到人聲，也會走避的。

臺灣有許多原住民族，都喜歡狩獵山豬，山豬肉醃起來慢慢食用，山豬牙拿來當頭飾或胸飾，有些原住民族甚至認為，只有打到山豬的男人，才算是勇士呢！

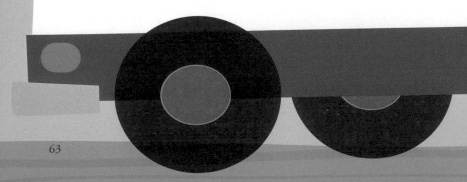

六　巫師有隻熊……

陽光穿破雲層，一隻鳥鳴唱的聲音，悠遠傳來。

「經過四社頭目的討論，我們決定……」

「再砍樹建高塔！」有人高喊。

「挖石頭刻阿搞！」也有人說。

「抓山豬，打石虎，天神才會高興！」

猴塞雷雙手一揮，人群閉上嘴巴。

「你們的提議很好……」猴塞雷看看眾人，這回沒人說話，「我們一起建高塔，刻阿搞，也要去抓野獸。」

「對對對，建高塔，刻阿搞，還要去抓野獸。」

「建高塔！刻阿搞！還要去抓野獸！」

四周喜氣洋洋，大家都開心。

超完美卻納悶：「這……每個人意見都好？把樹砍光，挖掉石頭，連野獸都抓光光？」

「不然怎麼辦？」高有用說，「二十一世紀都還沒辦法控制降雨，何況是現在？你會祈雨嗎？」

降雨？超完美腦中靈光一現。

她朝著猴頭大叫：「找巫師呀？你們沒有巫師嗎？」

「巫師？」

猴頭一愣，周邊的人跟著安靜的望著她，她瞬間成了圓心。

圓心擴大，像漣漪，一圈圈向外，直達猴塞雷。

「巫師？」猴塞雷笑著點頭，「我們當然有巫師，而且是最偉大的巫師。」

「對呀，去找巫師！」其他人笑嘻嘻的說，「怎麼沒人想到呢？」

「猴子的紅屁屁呀，我們一定是刻太多阿搞才會這麼糊塗。」

巫師住在兩座山之外，他們走成一條長長的人龍，從這山蜿蜒到那山。

高有用精神一直都很好，他跟猴腦比誰走得快。

猴頭負責安慰一路抱怨的超完美。

「我真是個大豬頭，幹麼提議找巫師？」

她走得跌跌撞撞，一腳高一腳低的。原始森林裡，幾乎沒有路，真不知道巫師平時怎麼出來？難道他用飛的？

走山路，偏偏又沒水，經過幾條溪，溪都乾了，超完美快渴死了。

「你一路說快到了，到底還多遠？」

猴頭咧嘴一笑：「快到了，就在前面。」

「唉，又是這句。」

爬坡——走路——走路——爬坡。

她頭昏眼花：「還有多遠？」

「快到了，就在前面。」

「又是……這句！」

她正想罵猴頭，前面爆出一聲歡呼。

高有用問：「那就是巫師的家？」

一棟石板小屋，位在山坡最上方，屋子歪歪斜斜的，好像隨時會倒下來，可是它又奇蹟似的立著。門前（如果那個小洞也算門的話）有條小路，幾枝黑色的旗子，插在屋頂，隨風飄盪。

高有用和猴腦併肩往上衝，兩個人嘻嘻哈哈的，好像在比誰跑得快。他們搶先跑到巫師門口。突然見到高有用跑下來，好像有誰在追他，他嘴裡哇啦哇啦大叫什麼，隨即躺在地上，動也不動。

「他受傷了嗎？」超完美很緊張，甩開猴頭的手，飛奔上山，喘著氣，望著躺在地上動也不動的高有用。

「高有……」

高有用睜開一隻眼睛，小心的問：「熊呢？」

「熊？」她疑惑的抬頭，一隻貨真價實，又高又壯的黑熊，正從巫師門口朝她跑過來。

「真的是熊！」她好像在書上看過，遇到熊，裝死？跑到樹上？還是往下坡跑，聽說是熊的前肢比較短？

她的腦海裡閃過上百個念頭，那頭熊卻立了起來，張開大嘴，她再也忍不住了，學著高有用躺到地上，緊緊的閉上眼睛。

涼風，陽光，心臟嗶剝嗶剝的跳，沒有慘叫的聲音。

風很涼很涼，她忍不住睜開眼睛。猴頭遮住太陽，正微笑的看著她。

「走吧，猴塞雷正和熊徒弟說話。」

熊徒弟？他們兩個坐起來。揉揉眼睛，門口，熊像個人般坐在椅子上，只是椅子看起來好小。

「巫師真的不在？」猴塞雷問。

那隻熊，那隻熊比手畫腳。

「熊會手語嗎？」超完美正想著呢，她就清清楚楚的，聽到這麼一句：

「師父下山，不知何時回來。」

粗聲粗氣，彷彿山都震了一下，但是，沒錯，真的是熊在說話。

只是，這怎麼可能呀？

金屬物相互敲擊的聲音，可以警告黑熊不要靠近。／孫基榮繪

賓果，你真的遇到臺灣黑熊了……

臺灣黑熊是保育類動物，在野外極難遇見。

但是，誰知道呢？世事難料呀，如果你很幸運，真的遇到了臺灣黑熊，有人說過，遇到臺灣黑熊要裝死，如果你真的裝死，那就真的死定了，因為臺灣黑熊會吃死屍，所以裝死沒有用。也有人說，遇到黑熊要趕緊爬到樹上去，可是臺灣黑熊也挺會爬樹的，因

此，除非你爬的是像椰子樹那樣直立的樹種，否則，千萬不要選擇爬樹的方式。而且，臺灣黑熊還會咬樹和推樹，所以如果你爬的樹太細，很有可能會跟著樹一起掉下來，落入熊掌，那就糟了。

在野外，若是真的遇到臺灣黑熊時，不動聲色靜待牠離開是最佳方式。可是若撞見母熊與幼熊在一起時，必須迅速走避，因為母熊為了保護幼熊，可能熊性大發。

如果你實在不想這麼幸運，去野外玩時，一定要跟緊行進隊伍，行走在危險地帶時，最好將鋼杯、臉盆、湯匙等金屬物品懸掛在背包外頭，以便在行走時發出叮叮咚咚的聲響，警告黑熊等野生動物——「有人來了，敬請迴避」。

晚上露營，一定要升營火，除了可以跳營火舞，還可以嚇跑野生動物。不過儘量不要拿營火烹烤食物，因為食物的香味，反而會引來黑熊拜訪。

預防勝於「裝死」，寧可先警告讓牠們離去，也不要讓牠來嚇我們，還有儘可能將吸引野生動物的誘因去除，你就不會那麼幸運的遇到熊了。

七　隨風而來，因雷而降

熊說話？像是魔幻電影。可是，陽光灼熱，如此真實。

「為什麼事來找我師父？」熊的話不長。

猴塞雷告訴他山神生氣，久旱無雨。

「師父出去後，雪花都飄過兩回了。」

雪花飄過兩回，難道巫師出去兩年了？

「巫師不在？我們只好回去部落，再想別的辦法！」猴塞雷說。

「猴塞雷，我可以祈雨嗎？」黑熊站起來，猴塞雷肩上的小猴子吱的一聲，躲到他背後，剛才的驕傲全不見蹤影。

「你懂祈雨？」猴塞雷問。

「熊會祈雨？」超完美心中也是一片疑問。

「師父教過，交代我不能隨意施法，」黑熊躍躍欲試的說，「但是，他不在，我可以試試？」

黑熊徒弟要祈雨。排在後面的人往前擠，站在前面的人圍成一個圈。

「熊會祈雨嗎？」

「拜託，他是巫師的徒弟呀！」猴頭說。

黑熊站在空地上，拿著細木棍像拿魔杖般。

魔杖緩緩揮動，黑熊吟唱一種低沉的曲調，句子很長，唸了很久、很久，久到超完美都快打瞌睡了，後面翻來覆去，就是一句：

……隨風而來，因雷而降，大雨……

……隨風而來，因雷而降，大雨……

吟唱的調子，傳到對面的山頭。

對面的樹林搖動，漸次傳來沙沙沙的聲音，是風。

沙沙沙沙，風聲由小變大，輕快的繞著他們打轉，夾著細砂，全是松杉的氣味。

烏雲在石板屋上方聚攏，像漩渦，旋渦裡是劈啪作響的閃光。

風雲變色。

「要打雷了！」高有用在風中大吼。

滋！閃電垂直而下。

轟隆，雷聲緊隨而至，地面彷彿在搖動，高有用知道，雷聲與閃電的間距愈近，表示雷電離他們愈近。

現在，雷電根本就在他們頭頂。

「猴子的紅屁屁呀，真的快下雨了！」人們仰頭狂喜。

「要躲哪裡呀？」高有用四處張望。

滋滋，轟隆！閃電像回應人們的呼叫。

滋，轟隆，啪！

一道電光，打在石板屋上，啪的好大一聲，屋頂破了個洞，刺眼的白光彷彿還在屋上跳了一下，嚇得人們往後退。

熊在雷電交加中，口中吟唱不斷：

……隨風而來，因雷而降，大雨……

滋！啪！

電光打在屋後的大樹，砰的一聲，樹冠折斷，冒出熊熊大火。

滋滋滋滋！

一棵樹，又一棵樹，屋後的火被風一吹，火勢騰空暴起。

除了火光，還有閃電，亮光照亮人們慌亂的臉，滿山遍野，全是逃命的身影。

「這……這是怎麼回事？」許多人在大叫。

「熊，怎麼還沒下雨？」猴塞雷回頭找熊。

熊邊跑邊說：「還有一句，還有一句，大雨……」牠大叫，往下坡跑。

高有用拉著超完美朝同個方向跑，他還有空問熊：

「你的雨怎麼還不降？」

熊閃過一塊大石頭後，很老實的說：

「隨風而來，因雷而降，大雨……，不知道是大雨什麼？」

「你忘了？」超完美很生氣。

「我以為我記得嘛！」熊一臉天真，「好像是大雨下吧？又像是大雨一直？」

天哪，熊的法術不靈光，現在引來大火。

更好笑的是，這隻熊還只顧自己，拚命的向前跑。

歐雄老師說過，遇到森林大火，一定要逆著風跑。

高有用就帶著超完美，拚命的跑。

跑呀跑，跑呀跑，森林裡還有隱隱的雷動，是雷追在他們後頭？

超完美按著胸膛，他覺得自己再也跑不動了，震動離她們愈來愈近、愈來愈近，她回頭，從樹林裡跑出來的，是一群大大小小的動物。

那些動物，有些她見過，像是山羌、野豬、兔子和水鹿。

有幾隻像狼狗般的大小，一身光鮮的深褐色雲彩斑紋。「那是，那是雲豹嗎？」高有用驚呼，「雲豹不是絕種了嗎？」

跟在雲豹後頭的，還有幾隻貓，牠們雖然在逃難，可是神情看起來卻很從容，眼睛旁有兩條縱向的白色條紋，耳朵後面有白斑。

「好美的貓。」超完美找不到相機。

「是石虎！」高有用激動得幾乎想哭，

「我爺爺說他小時候看過，以為絕種了，沒想到……沒想到我也看到了。」

牠們跑得很快，森林上空，可以看到濃煙直往上竄。

超完美問：「到底要跑到哪裡去呀？」

「跟牠們走。」高有用想也沒想，「動物逃生的本能，大概不會錯吧！」

他們跑沒幾步，又追上了熊徒弟。

野生梅花鹿幾乎已經絕跡了。／張東君攝

動物的快樂天堂

大家都說臺灣是寶島，它的面積雖然只有三萬五千平方公里，卻因為氣候與多山的地形，使得臺灣島上擁有豐富的動植物資源。

幾百年前，臺灣處處可見成群的梅花鹿、水鹿散步林野，森林裡有豐富的生態，溪流裡是魚類和水生物的家，外國人一提起臺灣，都說臺灣是寶島，是美麗的「福爾摩莎」。

但是，因為人為的濫捕，加上經

濟開發，使野生動植物棲息地受到破壞，我們想在野外看見梅花鹿，幾乎是不可能的任務，更別說其他較為稀有的動物，石虎、臺灣雲豹，都變成歷史上的名詞。

大自然裡，原本生物與生物之間相互依存，構成一個完整的食物鏈。但是，如果有某種生物大量繁殖或滅絕，自然生態就會失去平衡。

舉例來說：赤腹松鼠的天敵是老鷹，可是臺灣的老鷹近年來數目不斷減少，赤腹松鼠數目大量增加，這麼多的松鼠不斷啃食樹木，對森林形成威脅，連依附樹木生長的昆蟲和蕈類也無法生存。

生態豐富多元的森林，卻漸漸在消失，面對這樣的環境，我們還是可以做一些事的：

在院子種下一棵植物，在社區認養一塊綠地，你就提供了許多昆蟲、鳥類更親切的生活環境；紙張重複使用、好書不斷傳閱，你也在為減少濫砍林木、重建動物的快樂天堂盡了一份心力。

八 大雨大雨一直下

他們跑太快，差點兒撞上一塊大石頭，仔細一看，是猴塞雷雷的阿搞。

原來，他們回到部落的廣場。

熊也停住，東瞧西望，打不定主意該往哪個方向跑？

但是，霹靂啪啦，雷電跟著山路直擊而來，廣場四周的木屋，全都著火了。

超完美扯著熊：「你快想出最後一句呀，到底大雨怎樣？」

熊兩手一攤：「愈急我愈想不出來，好像是大雨下吧下吧下吧！」

他們滿懷希望的看了天空一眼，烏雲發威，閃電打在附近一個阿搞身上，把阿搞的頭削去一半。

他們嚇得想跑，但是，前頭狂風大作。火苗會跳，從一棵樹跳到另一棵樹，在他們面前形成一道火海。

「不是大雨下吧下吧，那就是大雨來吧來吧！」

熊熊烈火，映得他們滿臉通紅，熊在火光中大喊。

滋的一聲，閃電打在祈雨的木造高塔，塔身歪斜，火光衝天，他們衝不出去，高有用帶著超完美爬上一座最高的阿搞頭頂。

四面八方，一片火海，可怕的是，閃電雷聲不斷。

「我不要變成石板烤熊肉啦！」黑熊哭喪著臉爬了上來。

超完美又好氣又好笑，都什麼關頭了，「你再想一想，到底是什麼？」

「隨風而來，因雷而降，大雨……」熊把頭埋進腿裡，哭喪著說：「我不知道啦！」

超完美氣得推他：「都是你闖的禍，你一定要把大雨求來，讓大雨大雨一直下，澆熄……」

她話還沒說完，熊欣喜的抬頭：「沒錯沒錯，就是這句！隨風而來，因雷而降，大雨大雨一直下。」

「大雨大雨一直下？就這麼簡單？」超完美和高有用同時發問，熊在火光中笑著點頭：「隨風而來，因雷而降，大雨大雨一直下。」

這是什麼咒語呀？哪有這麼簡單的咒語？

他們倆都不相信，只聽熊在阿搞上大吼大叫。

然後，一滴水珠，就這麼端端正正的，滴在超完美的鼻頭。

她抬頭，豆大的雨珠自高空落下，而且愈來愈多、愈來愈多，打得阿搞啪啪作響。

遠山近山，樹林廣場，在這麼大的雨中，分不清是森林大火的煙霧，還是隨風而來的霧氣。

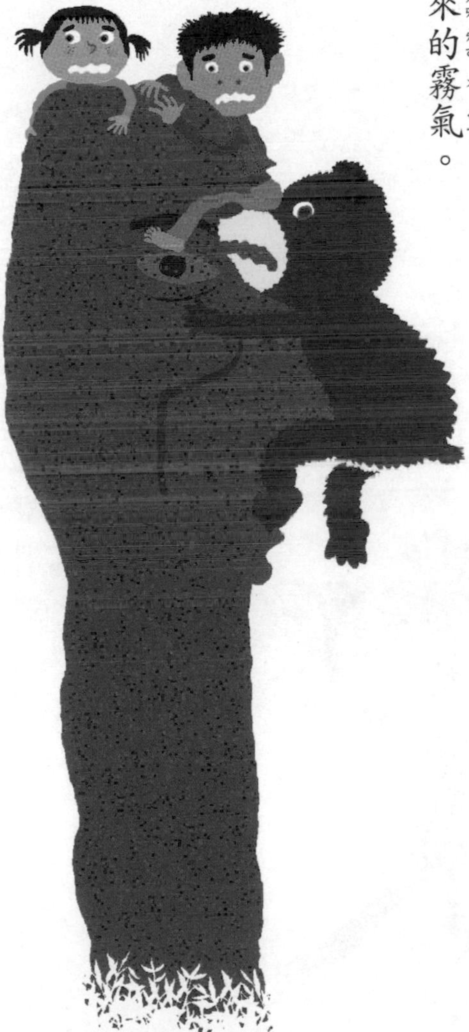

廣場中央，人多了起來。

「下雨了！真的下雨了！」人們喊著。

猴頭和猴腦還爬上阿搞頭上手舞足蹈。

超完美樂得在雨中大叫，原來淋雨的感覺這麼快樂。如果是在家裡，媽媽不罵死了才怪——「淋雨？你不怕得流感呀？」

但是現在，痛痛快快的淋一場雨，滋味真好。

高有用和她手勾手，哼著亂七八糟的歌，圍著尊貴的猴塞雷亂跳一通。

嗚啦……牛仔褲，啦啦的……有正妹，小妹妹……火堆，牛仔……

猴塞雷平時神情嚴肅，聽高有用亂唱忍不住想笑，但又強忍著笑。

「高有用，你到底會不會唱〈牛仔的褲子破個洞〉？」超完美說。

高有用自顧自亂哼，他只會副歌嘛，超完美搖搖頭，看到猴塞雷ㄍㄧㄥ在那裡，她一把將猴塞雷拉著。

猴塞雷緊繃的臉頰終於柔軟了起來。

「他唱的什麼歌呀？什麼是牛仔？」猴塞雷問。

超完美停下腳步，朝天空揮了揮手：「偉大的猴塞雷，這是我們那一族的標誌，牛仔，我們牛仔族很忙，褲子破了洞都沒時間補。」她笑嘻嘻的說。然後開心的唱了起來——

牛仔騎馬逛大街
進了酒吧只點一杯水
來吧來吧小姐
來吧來吧正妹
給我一杯水
我會給你全世界
別管我的牛仔褲破個洞
因為我只想約會
……

沙沙沙的雨聲中，超完美瞄到，幾隻水鹿躲在樹林裡，正張著大眼向外張望，水鹿身邊是山羌，還有山豬，還有……一．個．人。

那人手裡有根枴杖，可是拿在他手中，看來就像根魔杖。

超完美忍不住停了歌聲，停下舞步。

大雨不斷，白色水氣中，那人像是一眨眼不到的時間，就走到了他們中間，神奇的是，他身上幾乎是乾的，雨水彷彿會避開他，也像是，他能閃進雨絲的縫隙？

黑色的披風，暗紅色的長袍，是個瘦高的老人，臉上還有著花白的鬍子。

「師父！」熊定住不動。

「巫師？」超完美和高有用心中一凜，整個廣場唰的一聲，似乎連滂沱的大雨，都停格了般。

九　四塊石片

「是巫師？」

「巫師回來了！」猴塞雷向巫師揮了揮手。

「猴子的紅屁屁呀，巫師好像更老了。」猴腦偷偷的說。

猴頭笑他：「廢話，雪花都飄過兩回了，當然會老嘛！」

「你罵我？」

「我是說你講話不經猴子腦。」

於是，他們兩個又吵了起來。

不管是可能小學四年愛班，還是四社聯合祈雨大會，超完美發現，人們吵架的樣子都一樣。

這時候，需要一個風紀股長來管秩序。

這裡沒有風紀股長，巫師跺跺枴杖，廣場立刻安靜，連雨都停了。

巫師灰灰的眼睛看了大家一眼。那一眼，彷彿能直達超完美的腦裡，她不禁往後退。

巫師問：「遠方的客人？」

她點頭，想說什麼，囁嚅了半天，只擠出來一句：「你……你的衣服混搭得很有型。」

這是什麼話？巫師又不是超級男模。

但話已出口，無法收回。巫師望向熊，熊的表情就像個做錯事的孩子，低頭，等著父母責罵。

「你闖了禍，知道嗎？」巫師的聲音嚴厲。

「我……我不該私自使用魔法，但是……但是因為猴塞雷……」

巫師的眼裡，見不到笑意：「隨意使用法術，引起森林大火，幸有遠來客人助你想出最後一句，否則，會有多少動物、植物和人類失去家園？」

「我……」熊想說些什麼，但隨即低下頭。

超完美終於知道該講什麼了：「他也有功勞呀，你不在，乾旱沒人祈雨，要不是熊的話，怎麼會下雨？你也沒打電話說你什麼時候回家？」不管高有用拉她、猴頭瞪她，她還是一口氣把話講完，臉不紅、氣不喘，全忘了，這時候哪來的電話？

「功勞？四社的人砍樹，樹靈死亡；挖山，震動山神；抓懷孕的山豬，祖靈嘆氣。這場乾旱，是山神在處罰我們！」巫師平靜的話，一字一句，卻又字字震撼人心。

原來是四社人的做法，引起這場旱災，他的話，讓眾人惶惶不安。

「那……我們該怎麼做？」猴塞雷問：「如何平息山神怒氣？」

「這非我能力所及，人的貪念、好大喜功的個性不改，魔法亦無法。」

說。

「那……我看，我們還要再召開一次緊急的四社聯合會議。」猴塞雷

人們紛紛點頭，在雨中，擁著四社頭目回到高塔。

猴塞雷登上塔，歡聲雷動。

巫師沒動，他的手裡有一塊石片，石片上，新刻了幾個符號，像「木」的符號。

「送給遠來的客人。」

「咦？這石片是我們來的時候拿到的……」超完美驚呼。

巫師手裡還有三塊石片。

巫師對熊說：「至於你，私自使用魔法，擾亂萬物運行，你得為這片燒毀的林木負責。」

熊渾身發抖。

超完美忍不住問：「他，他會怎樣？」

巫師沒答，口中吟唱：

林木青蒼蒼
海洋藍汪汪
和風暖洋洋
大地綠油油
萬宗都隨緣

巫師吟唱了一遍又一遍，那三塊石片，似乎在一瞬間，被融化了，被蒸發了。如果沒看錯，它們化成幾點光，騰空飄行，消失在不同的方向。

熊在呻吟，低聲的；巫師的聲音愈來愈快了，熊在吼叫，彷彿要掙脫牠自己？似乎有什麼東西從熊的身體裡跑出來？

「你不能回到山林，除非你找回這四塊石片，讓森林重回山上，你才能回家。」

熊狂吼，痛苦的衝撞一個阿搞，斜坡上的阿搞被牠一撞，搖搖晃晃，竟朝超完美滾下來。

超完美嚇呆了，站在一旁的高有用想也沒想，拉著她往斜坡下衝。

轟隆隆，轟隆隆！阿搞滾得很快。

「跑快一點！」高有用大叫。

超完美也想快，但是，腳不知道被什麼東西一絆，她竟然跟阿搞一樣，跌在坡上，也滾了起來。

天旋地轉，她以為死定了，轉了兩圈，斜坡消失不見，他們兩人大叫一聲，直直掉落——下面，還有個屋頂，他們又從屋頂上滑落。

在他們的尖叫聲中，阿搞終於駕到，砰的好大一聲，卡在屋頂上，撞破一個大洞。

森林可以涵養水源，就像一座綠色的水庫。／天下資料

綠色水庫是什麼？

炎熱的夏天，如果你們家周邊有幾棵樹圍繞，一定涼爽許多，空氣品質也較好。那，如果你們家附近就有一座森林呢？

光想就很棒了，對不對？森林的好處多多，像是森林可以涵養水源。

想想，如果你是一滴雨，當你由高空彈跳，降到森林上空，這時植物的葉子、樹枝和莖就能減緩你的降落速度，讓你一路慢慢流到地底，再被儲存起來，成為地下水。

到了較為乾旱的季節，森林地下的水，就會慢慢釋放出來，往下流到溪谷，進入水庫，提供人們使用，這就是森林涵養水源的能力。

但是，如果森林被人濫伐，山變成光禿禿的一片時，同樣的雨水降落地表，沒有植物阻擋，它們將會急速湧向河流，流向大海，因而損失了寶貴的水資源；更何況土地缺乏植物的保護，突然降下的水就會把土石沖刷下來，夾帶大量的泥沙，造成水庫淤積，讓水庫的儲水量減少；也讓河水暴漲，使下游居民飽受土石流的災害。

到了乾旱季節，沒有森林涵養的水來補充水庫的儲水量，水庫也很容易乾涸，造成缺水。

這就是森林——「綠色水庫」的功用。

除此之外，森林還可以防風固沙、調節氣候與消除噪聲的功能，更別提森林貯存著地球上豐富的生物多樣性、維持了生態平衡，改善生態環境。

想讓臺灣成為寶島，先在你家院子、陽臺種幾棵植物開始吧！

十　突然長出來的參天巨木

揚起的塵土遮蔽超完美和高有用的視線。

「哈啾！」超完美站起來，拍拍衣服，忍不住，「哈啾！」又打了一次噴嚏。

高有用拍拍她，伸手指指四周。

視線漸漸清晰，石板堆疊的牆壁，石板鋪成的院子，咦！他們又回到了那棟石板屋，怪怪的是，石板屋變舊了。

沒錯，院子裡的草很長，屋子周邊的箭竹很黃，屋頂上還破了個洞，第一次跌下來時沒注意看，現在雖然被泥土、雜草掩蓋，但是上頭那個巨大的岩石，大鼻子的石像，隱約可辨，是猴塞雷的阿搞。

「我們回來了？」

「我們回到現代了！」超完美看見，她那部粉紅色的數位相機，端端正正放在圍牆上。

「可惜沒有照到猴頭、猴腦。」超完美說，「難道這都是夢？我們剛才掉下來，只是撞暈了，以為自己回到過去？」

高有用搖搖頭：「那這個呢？」

是巫師給的石片，也是他們第一次撿到的石片。石片很新很滑，三個木字更像是新刻的。

高有用再把石片與琉璃珠接觸，沒有半點異象。

「奇怪，真奇怪！我們那一社叫巴巴厚，他們叫爬爬猴，難道他們後來搬到我們那一社去了？」高有用猜。

「有可能，別忘了熊徒弟，他不能回山上，那他怎麼了？」

他們倆有一肚子疑問，可是沒人能解。

爬回斜坡，隊伍還沒走，高有用看看手錶，從歐雄老師派他去找超完美，一直到他們回來，手錶上的時間，竟然只過了十分鐘。

「老師，我們剛才好像回到過去了。」

「巫師送我們的石片，就是我們撿去的石片。」超完美吱喳喳的說。

「這些石像，不是大鼻子外星人，他們是猴塞雷的阿搞。」

「而且，這裡本來有四個部落，後來遇到大火，他們可能搬走了。」

歐雄老師笑著聽：「你和高有用回到過去？然後又去祈雨，又遇到巫師，來回只花了十分鐘，對不對？」

歐雄老師的樣子，就是不相信嘛！

她還有好多話要說，但是歐雄老師推推墨鏡：「出發了！」

隊伍排成長列，紛紛嚷嚷，站了起來。

超完美拉拉背包，正要跨步出去，抬頭，腳步突然停住。

如果沒記錯的話，這裡原本是白木林，有火燒的痕跡，有許多的阿搞。但是現在，黃色的箭竹林之間，多了幾棵參天巨木，有的樹好像曾被雷擊，枯了一半，另一半欣欣向榮。

這樣的樹，還有不少。

「我們幫助熊徒弟，中止森林大火，所以這些樹才沒被燒光？」

超完美低聲的說：「那隻熊徒弟去哪裡了？他找得回來那三塊石片嗎？」

高有用搖搖頭：「哎呀，想那麼多做什麼，快跟上隊伍吧！」

隊伍蜿蜒向上，那上頭，陽光閃耀，聽說，今晚要在上頭露營呢，還會遇到什麼嗎？

超完美急忙跨大步，追上大家，留下那幾棵巨大的樹木伴著黑色阿搞。

絕對可能任務——

親愛的小朋友，讀完這本書，
是不是覺得歐雄老師的戶外教學課很好玩呢？
想參加嗎？
先通過歐雄老師的闖關任務吧！

任務1 誰畫對了爬爬猴社？

超完美回到家後才發現，她的數位相機裡，竟然留有一張爬爬猴社的俯瞰圖，她立刻動手，試著畫出爬爬猴社的地圖，但是，高有用看了搖搖頭，他說，才不是這樣呢！他也動手畫了一張。歐雄老師走來一看：「咦！這兩張地圖，有一個人畫對了！」

親愛的小朋友，你知道誰畫對了嗎？

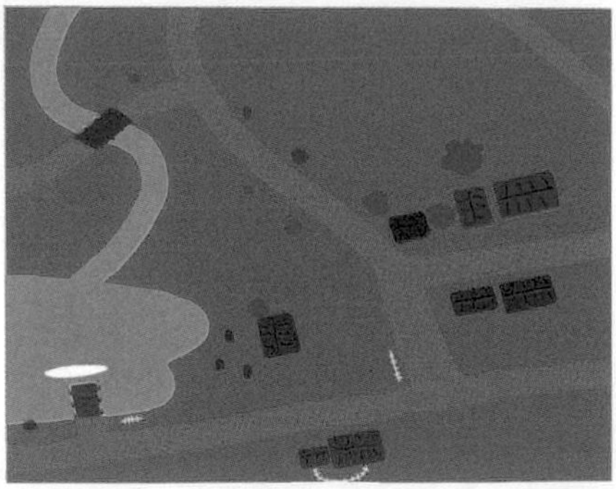

任務2 猴賽雷的難題

黑熊徒弟新學一套法術，躍躍欲試，就想試試自己法力高不高。

這一天，灰眼巫師不在家，黑熊徒徒偷偷唸起咒語：

漸消其身，漸隱其體，擦吧擦吧看不見！

「剎」的一聲，爬爬猴社的廣場，就變成你現在看到的模樣。

猴塞雷傷腦筋了：「哎呀呀，人怎麼都不見了，今天中午的便當，我到底要訂幾個，才夠大家吃呢？」

親愛的小朋友，你能幫他的忙嗎？

任務3 節能迷宮

地球暖化日趨嚴重，節約能源當然不是口號，你知道如何節約能源嗎？勇敢闖進來吧，看看你能不能走出節約迷宮。

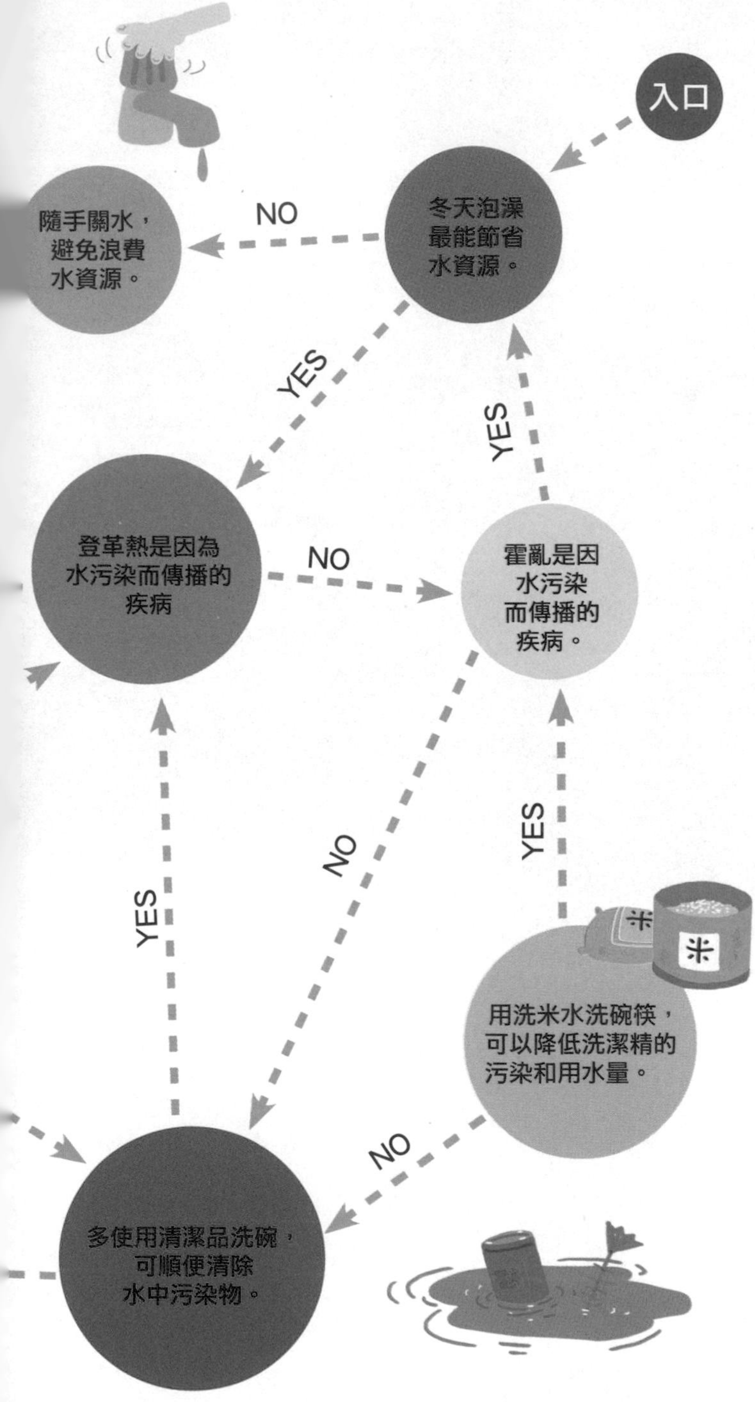
入口
冬天泡澡最能節省水資源。
NO
隨手關水，避免浪費水資源。
YES
登革熱是因為水污染而傳播的疾病
NO
霍亂是因水污染而傳播的疾病。
YES
YES
米
用洗米水洗碗筷，可以降低洗潔精的污染和用水量。
NO
YES
NO
多使用清潔品洗碗，可順便清除水中污染物。

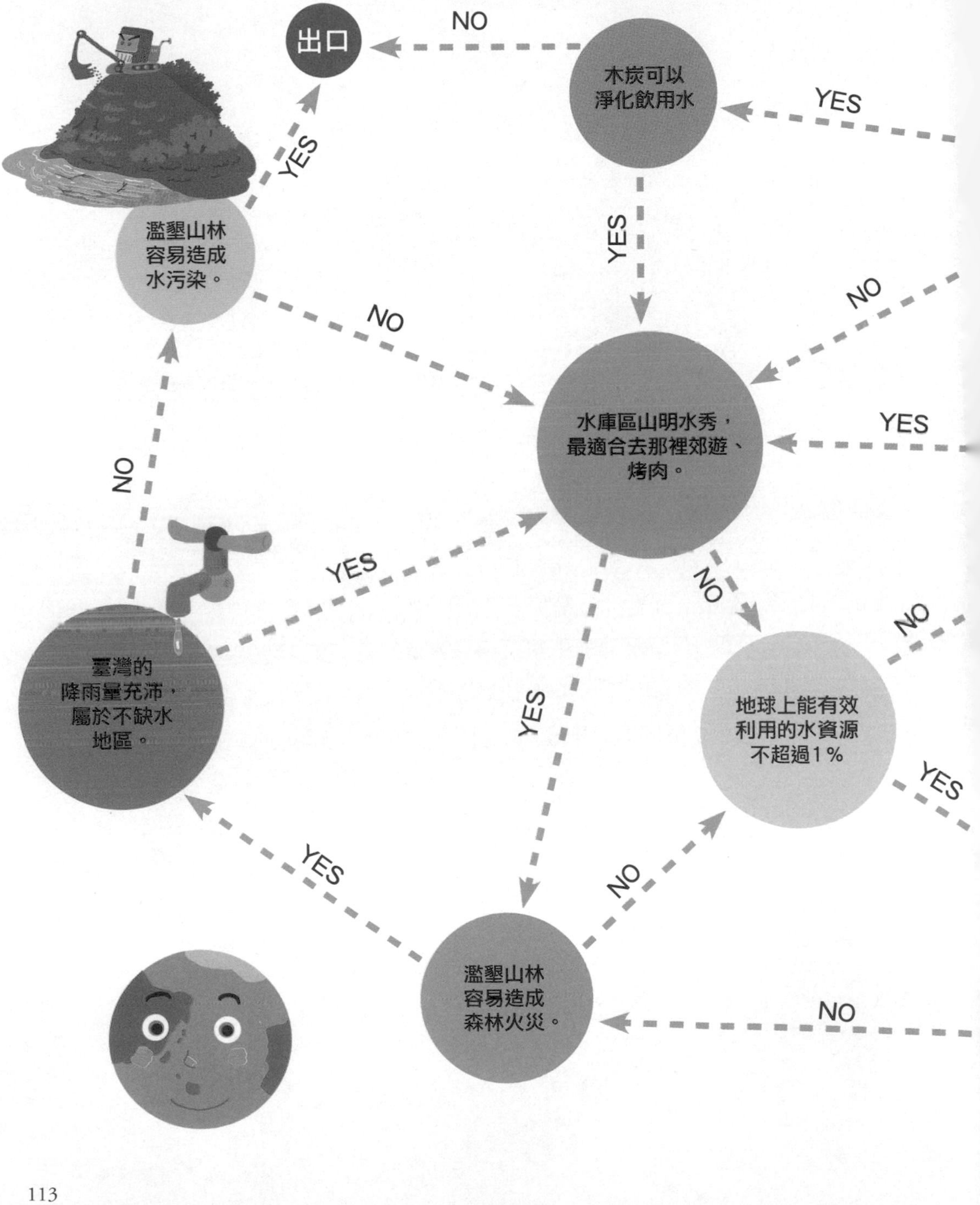
出口
NO
木炭可以
淨化飲用水
YES
YES
濫墾山林
容易造成
水污染。
YES
NO
NO
水庫區山明水秀，
最適合去那裡郊遊、
烤肉。
YES
NO
YES
NO
NO
臺灣的
降雨量充沛，
屬於不缺水
地區。
YES
地球上能有效
利用的水資源
不超過1%
YES
YES
NO
濫墾山林
容易造成
森林火災。
NO

任務4 大家來抓「漏」

爬爬猴社居民請注意：

本社目前嚴重缺水中，懇請大家檢查家裡有沒有漏水。一滴水看起來微不足道。但是不停的滴，不斷的滴，集起來，數量就很可觀了。本人親自試過，一小滴的水，連續滴一個小時，可以裝滿2000c.c.的寶特瓶，換算過來，一個月就會滴掉一個水塔的水喔。

滴水很嚴重，但是水管破裂所浪費的水資源更可怕，請各位回家後，利用水表，自行檢查有無漏水。

＊「爬爬猴社用戶漏水診斷三步驟」為：

1 將所有用水停止，檢查水龍頭是否確實關閉。
2 打開水表箱找到自己的水表。
3 觀察水表指針是否有動作，如果有，就是有漏水。

＊許多可以憑藉肉眼發現的漏水，請大家特別警覺：

1 水龍頭無法完全關緊，有滴狀甚至線狀的水洩漏。
2 抽水馬桶沖完水後，仍不斷有水流出。
3 用戶給水管線外露部份（明管）之接頭潮溼滴水。

鄭重呼籲大家：一旦發現漏水，一定要立即修復。

爬爬猴社　猴塞雷敬上

仔細閱讀完文章，回答下列問題

1 這篇文章是要大家做什麼事？
1.請大家節約用水。
2.請大家檢查家庭漏水。
3.呼籲大家愛護水源，水源才會愛你。
4.一個月的漏水，可以漏掉一個水塔的水量。

2 發生哪一種狀況時，可能是你們家裡漏水了？
1.家裡所有用水都停止，但是水表還在動。
2.家裡水龍頭能完全閉合，不會有水滴出來。
3.給水管線外露部分的接頭乾燥。
4.用水停止，抽水馬達不再動作。

3 以下哪一個敘述，是錯的？
1.這篇文章是猴塞雷寫的。
2.要優先處理水管破裂問題。
3.檢查漏水，用抽水馬達最方便。
4.水管破裂所浪費的水比水龍頭滴水多。

任務5 省水王就是你

親愛的小朋友，爬爬猴社面臨的缺水危機，其實我們也可能遇到，所以囉，日常生活中，我們要愛惜水資源，一點一滴不浪費，才是現代酷兒童！

試試看，刷牙時不把水關掉，在下面放個水杯，在你刷完牙後，看看你能收到多少水？

很驚人吧！再想想，洗手時、洗碗時，如果不把水關掉，那些寶貴的水，是不是就這麼流掉了？

你有什麼樣的省水妙點子呢？和同學比比看，誰的點子最優，誰就是最厲害的省水王！

解答

任務1・誰畫對了爬爬猴社

答案：超完美

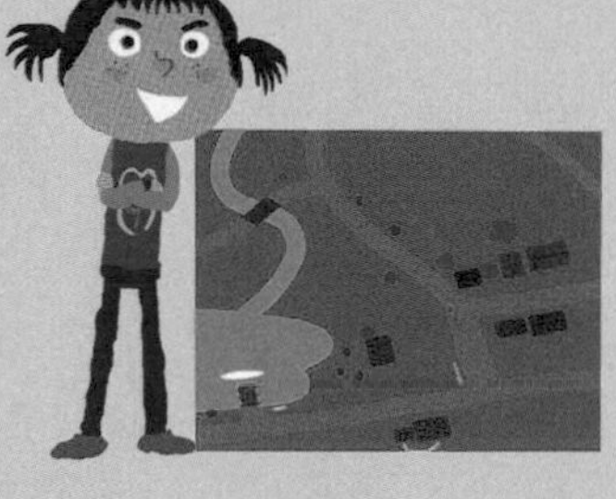

任務2・猴塞雷的難題

答案：4人

任務3・節能迷宮

答案：

- 隨手關水避免浪費水資源。↓對。
- 冬天泡澡最能節省水資源。↓錯。淋浴比較節省水資源。
- 登革熱是因為水污染而傳播的疾病。↓錯。是由蚊子傳播的。
- 霍亂是因水污染而傳播的疾病。↓對。
- 木炭可以淨化飲用水。↓對。
- 水庫區山明水秀，最適合去那裡郊遊、烤肉。↓錯。不要在水庫區烤肉，會污染水質。
- 臺灣的降雨量充沛，屬於不缺水地區。↓錯。臺灣是缺水區，雖然雨量多，因地形的關係，很難把水儲蓄下來。
- 地球上能有效利用的水資源不超過1％↓對。
- 濫墾山林容易造成森林火災↓錯。這樣會污染水源。
- 濫墾山林容易造成水污染。↓對。
- 用洗米水洗碗筷，可以降低洗潔精的污染和用水量。↓對。
- 多使用清潔品洗碗，可順便清除水中污染物。↓不對喔，要少用清潔品。

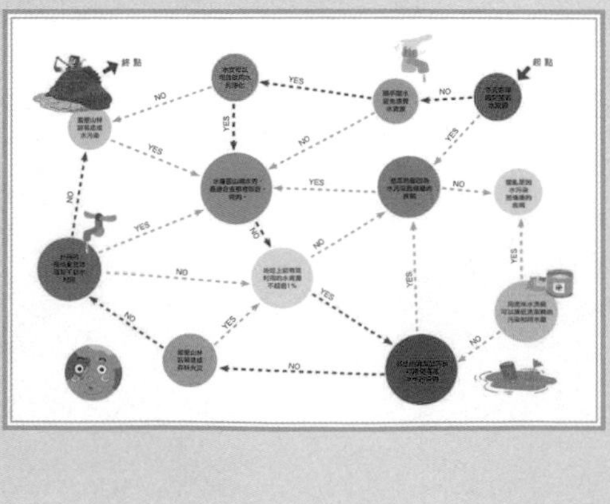

任務4・大家來抓「漏」

答案：

1. 2
2. 1
3. 3

作者的話

海上有仙山？

好久好久以前，秦始皇滅了六國，統一天下，人間的權勢，他已牢牢掌握，於是，他夢想長生不老，派出徐福，領著數百名童男童女出訪海外仙山。

當時的人們相信，海上有三座仙山，山上住著神仙。

徐福在海上航行一段時間，從黃海、東海找到南海，就是找不到仙山。

徐福不敢回國，最後聽說留在日本，成了日本人的祖先。

世界上，到底有沒有仙山？

幾千年來，仙山無緣讓人一見。

直到十二年前，一個想抄捷徑的美國船長，駕著船，來到赤道邊的無風帶。

太陽很大，沒有一絲微風，一座五彩繽紛的島，悄然無聲的出現。

這就是那座仙島了嗎？

船員張大了眼，屏住呼吸。

島愈來愈近，景象愈來愈詭異。

彩色的島上，見不到一棵樹、一株草，聽不見鳥鳴，更怪的是這座島並不高，簡直像貼在海面上，船根本來不及轉，就這麼撞上了彩色的島。

船員們緊張的抱著船桅，正想大叫撞船了，但是……沒有，沒有撞擊聲，陸地自動分開，像是一團彩色粉圓冰，緊緊包圍著他們，船緩緩駛進去，像是一把刀，輕輕劃開了水面。

喔，天哪，他們終於看清楚了，那座島，其實是數不清的瓶蓋、包裝袋、充氣排球所組成，漂浮在船的四周，哪是神仙島？根本就是個巨大的垃圾島。

猜猜這艘船花了多少時間，才從這片海域突圍而出？

一小時？

兩小時？

一天？

七天！

他們整整花了七天，才駛出這片五彩垃圾山。

他們初步估算，那片海域至少有三百萬噸的塑膠垃圾，讓人沮喪的是：這個最新長出來的垃圾山，位在太平洋最人跡罕至的地方，想要清理它，比登陸月球還難。

這裡的垃圾來自世界各國，美國的球鞋、中國的塑膠玩具，日本的生鮮食品包裝盒，甚至墨西哥的塑膠袋……

科學家發現：這些垃圾搭著洋流流到這裡的時間，短則十個月，長則三五年，它們在海上被潮浪沖刷，最後都成了細小的碎片顆粒……

目前，這個「垃圾仙島」還在生長狀態，目前還不是結實的陸地，而且它增長的速度驚人，在你看到這篇後記的時候，它的面積又增長了一倍，已蔓延到一百四十萬平方公里，聚集了七百萬噸的垃圾。

而這樣的海上垃圾仙山，又有幾座被人發現……

人目前還沒找到長生不老的藥物，卻已經先製造出「長生不滅」的塑料垃圾。

怎麼辦？

這就是現在我們要面對的問題，不光是垃圾……

據調查：全球每分鐘消失三十六個足球場大的森林。

全球海平面平均每年上升二至三公分，沒幾年後，一個叫做吐瓦魯的國家，將率先被海水淹沒。

在過去的五百年間，物種消亡的速度是每年一百種。而珊瑚礁每年以百分之一的速度在消失，世界上的珊瑚礁已有百分之二十七消失……人愈來愈多，破壞地球的速度愈來愈快，我們現在每一個不經意的活動，都可能是製造地球環境災難的推手之一。

像是你多買一雙球鞋，多要一個隨餐附贈的玩具，多搭一次電梯……注意了沒有，多……只要一個「多」字，地球資源就「多」浪費一點。

故事能夠重來，就像主角能回到過去，拯救地球；現實生活卻很難，破壞很簡單，再造卻要花上更多力氣更多時間，結果卻不盡然讓人滿意。

當暴雨來襲成為頻繁的現象，當地球暖化愈來愈嚴重的現在，我們應該更謙卑，對地球節省一點消費，對自已要求再嚴苛一點，我們現在破壞的大自然，都會在將來，向我們、向我們的後代，加倍的償還。

於是，有了這套書的構想，希望愛地球的任務，能因此落在我們每一個人的身上，地球加油，我們更該加油，才能有一個更可愛的地球。

推薦文

愛地球任務，出發！

臺中市大元國小老師　蘇明進

如果，真有這樣的「可能小學」；如果，真有歐雄老師精采的戶外教學課，那麼我這個當老師的人，一定也要搶先第一個報名！

因為這些課程實在是太有趣了！聽說，在「可能小學」裡，自然教室裡會長出一座森林，學生可以白天在那裡上課、晚上在那裡露營；上到不同的季節時，森林會變化成池塘、或是沙漠；還有、還有，歐雄老師會用他那精神抖擻的熊爆發力，帶領著大家上山、下海、以及探訪世界有名的古蹟……

我可以想像書裡面提到「選課那天，門才打開，立刻被孩子秒殺結束」的景象，因為這是多麼充滿冒險性及新鮮感的課程！再沒有學習動機的孩子，也會馬上愛上「上學」這件事！

我個人相當喜愛這套【可能小學的愛地球任務】叢書。四本書，有四個不一樣的主題，都是在歐雄老師的戶外教學課中發生的故事。《大鼻子外星人之謎》，解開了外星人石雕的謎團；《海賊島大冒險》，則是與海盜一起在海上冒險；《金沙湖探險記》，敘述著淘金沙與原住民文化之間的衝擊；《拯救黑熊大作戰》，則是一項搶救臺灣黑熊大作戰。這些故事，也分別闡述了生態保育、海洋保育、地質保育、動物保育……等環境議題。藉由幽默冒險的精采情節，提醒孩子們保護地球生態資源的重要性！

作者王文華以幽默、自然的文筆，將環境議題融入於故事之中，讓「愛地球任務」不再只是在書上喊口號，而是一種身體力行的體驗。書中還融入了大量科學新知的介紹，讓孩子們在閱讀之餘，還可以增長知識。最妙的就是書末，還附有許多好玩的闖關遊戲，讓孩子們在遊戲的過程中，再一次執行了愛地球的任務。

主修科學教育、又是一位國小老師的我，很開心天下雜誌童書一直努力經營著自然科學這區塊的出版事業。其他先進國家，都有極多針對兒童所設計的完整科學套書；反觀臺灣，歸類於科普系列的出版品算是偏少，大多數都是國外翻譯書。但不容否認的，一個國家在科學教育推廣的用心程度，將是其未來國家競爭力的重要關鍵。

我們的孩子，可能不明白：為什麼古文化以及自然景觀的消失，跟他們有什麼關係？他們可能也不明白：這些消失的自然景觀以及古文化，究竟有多麼珍貴、失去它們有多麼可惜？

這就是孩子需要我們去教育他們的地方。我們必須讓他們從電玩的聲色刺激中解放出來；也必須教他們在沉重的學業壓力中，看到生命的價值。愛地球的任務，不只是口頭上喊喊而已，而是一種習慣、一種態度！

準備好了嗎？陪著孩子，讓我們一起來執行愛地球任務吧！

推薦文

帶孩子翱翔在可能的想像王國

荒野保護協會榮譽理事長　李偉文

我想每個老師或家長都能感受到，我們孩子所成長、面對的時代已經與我們小時候完全不一樣，在日新月異的變化中，孩子必須學習的知識與技能的確非常多，但是另一方面我們也知道，強加灌輸背誦的知識是沒有用的，那麼，該怎麼辦呢？

三百年前伽利略就這麼提醒我們：「你不能教人什麼，你只能幫他們去發現。」的確，在浩瀚無邊的訊息大海中，沒有所謂必修的科目或必讀的書。尋求知識，應該像是去發現一個新大陸，是一趟心靈的探險，這種追尋，是非常令人興奮與快樂的，就像是哈利波特厚厚七、八百頁純文字的書，連小學二、三年級的孩子也能廢寢忘食的閱讀一樣，只要這個故事能引起他們的好奇。

要說出精采的長篇故事並不太容易，尤其要在充滿想像力與創意的故事中，自然而然的帶出知識的深度那更是不容易。因此，這套【可能小學的愛地球任務】系列故事的出現，就非常難能可貴了。

書中透過個性行為平凡如我們身邊每一個孩子的男女主角，上天下海，縱橫古今中外，在一所什麼都可能發生的學校裏，回到過去，追尋知識產生的源頭。

總覺得好奇心是一切學習的原動力，我們是先有了好奇才會有所謂探索，然後在探索中遇到了疑惑或困難，這時候就需要知識的幫忙，有了知識之後，除了有能力應付挑戰之外，也可能會引發更多的好奇與探索。

這個精采的系列故事，就符合這樣的學習歷程，一步一步帶領孩子進入充滿想像的世界。

推薦文

創造自己的「野」可能

中興大學生命科學系副教授　吳聲海

二十多年前，我在美國念書時，看到當地市立圖書館的一張宣傳海報，那是我見過最有意思的一張海報。海報的文字寫著「你的公共圖書館——野東西在此（Where the wild things are.）」。

書，就是充滿了「野東西」，這裡指的「野」，不是無法無天、荒誕、放蕩的身體之野，而是讓人天馬行空、欲罷不能、無以言喻的心靈之野。看書的目的就是要讓心變野，讓腦子裡的神經去嘗試不曾有過的連結方式。一種米養百樣人，如果一本書能讓百人心中呈現百種想像，在讀了兩本書後，這一百個人心中就可能呈現千萬種畫面。

【可能小學的愛地球任務】這套書中，敘述的可能小學師生戶外教學的過程和內容，實在讓人羨慕。他們的經歷充滿了冒險的野趣，也到處碰到「野東西」。從高山到海底，從溼地到森林，可能小學的學生，不但認識了自然，實際進入以前只能在書上讀到的場景，也思考出對周遭一切的關懷。

期待所有讀了可能小學上課實錄的大人小孩，可以讓自己多野一點。或許有一天，你也會發現——什麼都是可能的！

可能小學的愛地球任務 1

大鼻子外星人之謎

作　　者｜王文華
封面及內文插圖｜賴馬
附錄插圖｜孫基榮

責任編輯｜蔡珮瑤
美術編輯 ・ 封面設計｜蕭雅慧
行銷企劃｜葉怡伶

發行人｜殷允芃
創辦人兼執行長｜何琦瑜
副總經理｜林彥傑
總監｜林欣靜
版權專員｜何晨瑋、黃微真

出版者｜親子天下股份有限公司
地址｜台北市 104 建國北路一段 96 號 4 樓
電話｜（02）2509-2800　傳真｜（02）2509-2462
網址｜ www.parenting.com.tw
讀者服務專線｜（02）2662-0332　週一～週五：09:00~17:30
讀者服務傳真｜（02）2662-6048
客服信箱｜ bill@cw.com.tw
法律顧問｜台英國際商務法律事務所 ・ 羅明通律師
製版印刷｜中原造像股份有限公司
總經銷｜大和圖書有限公司　電話（02）8990-2588

出版日期｜ 2010 年 3 月第一版第一次印行
2021 年 7 月第一版第二十次印行
定　　價｜ 250 元
書　　號｜ BCKCE005P
I S B N｜ 978-986-241-120-9

國家圖書館出版品預行編目資料

大鼻子外星人之謎 / 王文華文 ; 賴馬圖 . --
第一版 . -- 臺北市 : 天下雜誌 , 2010.03　128 面
; 17×22 公分 . -- (可能小學可愛地球任務 ; 1)
(讀本 ; E005)

ISBN 978-986-241-120-9(平裝)

859.6　99003031

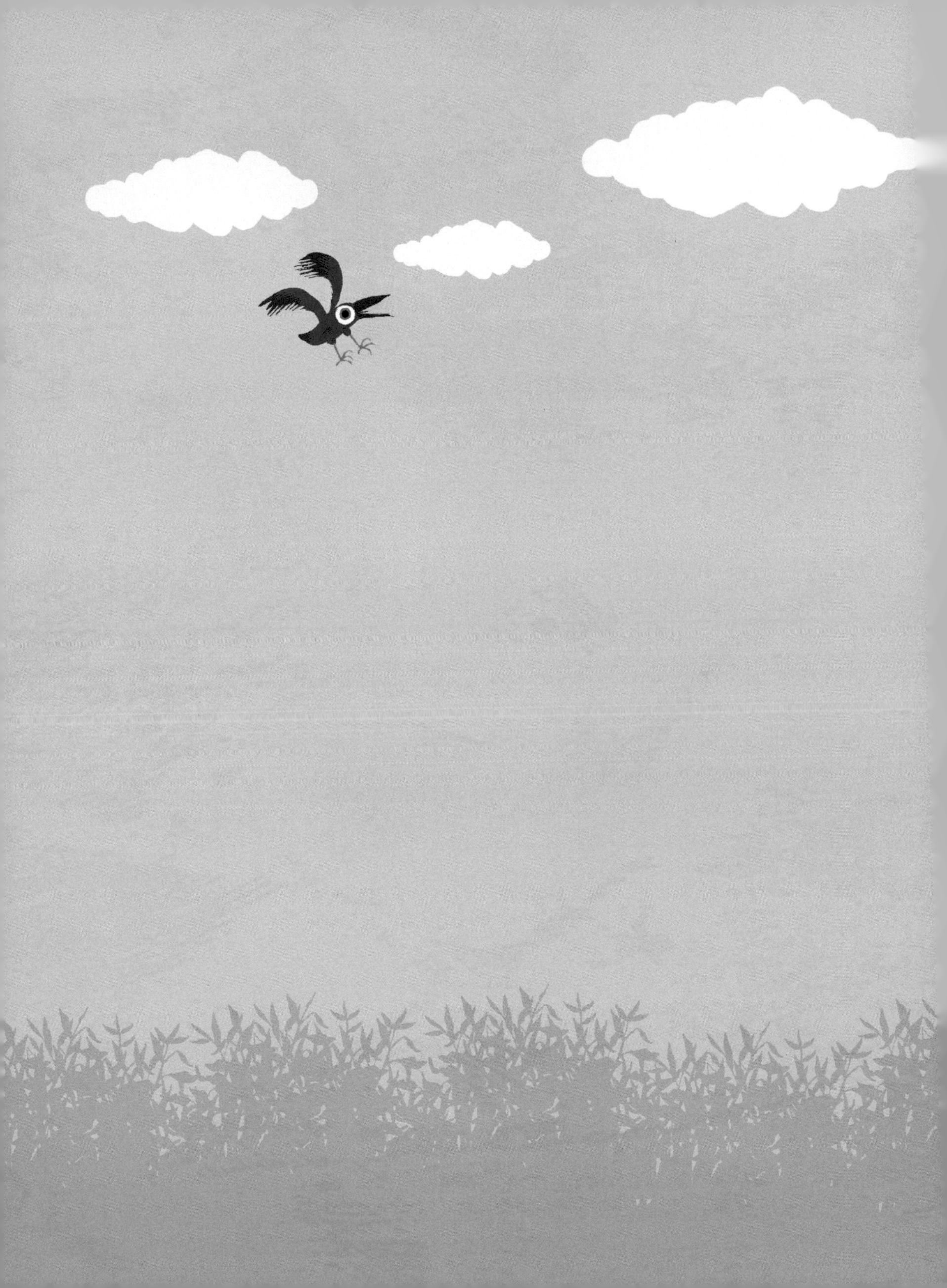